JOÃO, O VIOLÃO APAIXONADO

com
GUSTAVO LUIZ
e **MIG**

Dados Internacionais de Catalogação na Publicação (CIP)
(Câmara Brasileira do Livro, SP, Brasil)

Ziraldo
 João, o violão apaixonado/Ziraldo, Gustavo Luiz; [ilustrações] Mig. – São Paulo: Editora Melhoramentos, 2019. – (Coleção dó re zi)

 ISBN 978-85-06-08709-1

 1. Literatura infantojuvenil I. Luiz, Gustavo. II. Mendes, Miguel. III. Título. IV. Série.

19-28617 CDD-028.5

Índices para catálogo sistemático:
 1. Literatura infantil 028.5
 2. Literatura infantojuvenil 028.5

Cibele Maria Dias - Bibliotecária - CRB-8/9427

Obra conforme o Acordo Ortográfico da Língua Portuguesa

©2019 Ziraldo Alves Pinto
©2019 Gustavo Luiz
©2019 Miguel Mendes – Ilustrações

Direitos de publicação:
©2019 Editora Melhoramentos Ltda.
Todos os direitos reservados.

Projeto gráfico: Miguel Mendes
Diagramação: Carine Martinelli

1ª edição, agosto de 2019
ISBN: 978-85-06-08709-1

Atendimento ao consumidor:
Caixa Postal 729 – CEP 01031-970
São Paulo – SP – Brasil
Tel.: (11) 3874-0880
www.editoramelhoramentos.com.br
sac@melhoramentos.com.br

Impresso no Brasil

ERA UMA VEZ
UM VIOLÃO
CHAMADO
JOÃO.

JOÃO ERA SIMPÁTICO E SORRIDENTE, MUITO QUERIDO POR TODOS NA SUA CIDADE.

VIVIA TOCANDO PARA OS AMIGOS NO CLUBE, NO COLÉGIO, E ATÉ JÁ TINHA SE APRESENTADO NA TV, NUMA ORQUESTRA SÓ DE VIOLÕES.

UMA NOITE, VOLTANDO DE UMA FESTA,
JOÃO OUVIU UMA VOZ
BRINCANDO PELO AR,
VINDA DE UMA JANELA.

JOÃO PAROU,
SEU CORAÇÃO DISPAROU
E ELE SE APAIXONOU PELA VOZ.

QUIS CHAMAR A DONA DA VOZ
E, USANDO AS NOTAS MUSICAIS,
TENTOU DESCOBRIR O NOME
DE SUA AMADA.

JOÃO TOCOU O DÓ,
QUE LEMBRAVA
DOLORES.

DEPOIS, O RÉ,
PENSANDO
EM RENATA.

FEZ O MI,
CHAMANDO POR
MILAGRES.

DEPOIS, O FÁ,
POIS O NOME
PODIA SER FÁTIMA.

CHAMOU O SOL,
PRA VER SE A VOZ BRILHAVA
COMO SOLANGE.

FOI ATÉ O LÁ,
MAS LARA
NÃO ERA.

NÃO SOOU O SI,
POIS NEM SIMONE
A VOZ SE CHAMAVA.

MUITO DETERMINADO,
RESOLVEU FAZER
UMA SERENATA,
MAS PENSOU...

SERÁ QUE ELA GOSTA
DE SERESTA? DE BOSSA-NOVA?
DE MÚSICA ROMÂNTICA?

...OU SERÁ QUE CURTE
POP, ROCK OU
MÚSICA ELETRÔNICA?

ENTÃO, JOÃO SE INSPIROU
E ESPALHOU PELA NOITE
UMA NOVA MELODIA.

DEVAGARINHO,
A VOZ FOI ABRINDO A JANELA,
DIZENDO QUE SE CHAMAVA
HARMONIA.

JUNTAS,
MELODIA E HARMONIA
FORMARAM UM DUETO
NA CANÇÃO.

E TODA A CIDADE OUVIU
O ROMANCE ENTRE
A VOZ E JOÃO, O VIOLÃO.